CDつき　よんで、きいて、こえに出そう

こころに ひびく 名さくよみもの

府川源一郎
佐藤　宗子　編

2年

教育出版

【表紙の絵】

チューリップと赤い帽子の女の子　1964年

いわさきちひろ

はじめに

この本では、これまでつくられてきた国語《こくご》の教科書《きょうかしょ》の中から、今《いま》みなさんにぜひ読《よ》んでほしい名作《めいさく》ばかりを選んで集《あつ》めました。おもしろいお話《はなし》や感《かん》動《どう》するお話、ためになるお話、思《おも》わず口《くち》ずさみたくなる詩《し》などがおさめられています。きっと、今まで知《し》らなかったことや、今まで見《み》たことのないまったく新《あたら》しい世界《せかい》に出会《であ》えることでしょう。

また、この本には、俳優《はいゆう》の方《かた》の朗読《ろうどく》を録音《ろくおん》したCDが付《つ》いています。CDを聴《き》き、じぶんでも声《こえ》に出《だ》すことで、作品をもっと理解《りかい》することができますし、作品のもっているすばらしさをより深《ふか》く味《あじ》わうことができます。

ぜひ、心《こころ》とからだを使《つか》って読書《どくしょ》を楽《たの》しんでください。

もくじ

本書について

一、本書の収録作品は、教育出版発行の小学校国語教科書に掲載された本文を出典とした。

二、本書の本文の表記は、原作者の了解のもとに、原則として教科書の表記に準じて次のように行った。

(一)仮名遣いは、現代仮名遣いを使用した。

(二)送り仮名は、現代送り仮名を使用した。

(三)漢字表記については、各巻の当該学年以上の配当漢字に読み仮名を付けた(例 二年の巻では、二年配当以上の漢字に読み仮名を付けた)。なお、読み仮名は、見開きページごとに初出の箇所に付けた。

(四)詩の表記については原典に基づいた。

(五)一部の熟語については、読みやすさなどに配慮して、漢字の交ぜ書きから読み仮名付きの漢字に変更した。

(六)固有名詞については、読み仮名を見開きページごとに初出の箇所に付けた。

(七)一年、二年の巻については、すべての作品を分かち書きで掲載した。

わにの おじいさんの たからもの

作《さく》 川崎《かわさき》 洋《ひろし》

絵《え》 古味《こみ》 正康《まさやす》

朗読《ろうどく》 二木《にき》 てるみ

へびも　かえるも、土の　中に　もぐりました。からすが、さむそうに　鳴《な》いて　います。

ある、天気の　いい　日に、ぼうしを　かぶった　おにの子は、川岸《ぎし》を　歩《ある》いて　いて、水ぎわで　ねむって　いる　わにに　出会《あ》いました。

わにを　見るのは　生まれて　はじめてなので、おにの子は、そばに　しゃがんで、しげしげと　ながめました。

そうとう　年を　とって
いて、はなの　頭《あたま》から　しっ
ぽの　先まで、しわしわ　く
ちゃくちゃです。人間《げん》で　い
えば、百三十才《さい》くらいの　か
んじ。

わには、ぜんぜん　うごき
ません。

しんで　いるのかも　しれ
ない——と、おにの子は　思《おも》
いました。

「わにの　おじいさん。」

と　よんで　みました。

わには、目を　つぶり、じっと　した　まま。

あ、おじいさんで　なくて、おばあさんなのかも　しれない——と　思《おも》いました。

「わにの　おばあさん。」

やっぱり、わには　ぴくりとも　うごきません。

しんだんだ——と、おにの子は　思いました。

おにの子は、その　あたりの　野山《のやま》を　歩《ある》いて、地面《じめん》に　おちて　いる、ほおの木の　大きな　はっぱを　ひろっては、わにの　ところに　はこび、体《からだ》の　まわりに

つみ上げて　いきました。

朝《あさ》だったのが　昼《ひる》に　なり、やがて　夕方《がた》近《ちか》く　なって、わにの　体は、半《はん》分《ぶん》ほど、ほおの木の　はっぱでうまりました。すると、

「ああ、いい　気もちだ。」

と、わにには、つぶやきながら　目を　あけたのです。

「きみかい、はっぱを　こんなに　たくさん　かけてくれたのは。」

「ぼくは、あなたが　じっと　して　うごかないから、しんで　おいでかと　思ったのです。」

「遠《とお》い　ところから、長《なが》い　長い　たびを　して　きた

ものだから、すっかり　つかれて　しまってね、もう、ここまで　来《く》れば　安心《あんしん》だと　思《おも》ったら、きゅうにねむく　なって　しまってさ。ずいぶん　何時間《なんじかん》もねむって　いたらしいな。ゆめを　九つも　見たんだから。」
そう　言《い》うと、わには、むあっと　長《なが》い　口を　いっぱ

いに　あけて、あくびを　しました。
「あの、わにの　おじいさん？　それとも、おばあさん
ですか？」
「わしは、おじいさんだよ。」
「わにの　おじいさんは、どうして、長い　長い　たび
を　して、ここまで　おいでに　なったのですか？」
「わしを　ころして、わしの　たからものを　とろうと
する　やつが　いるのでね、にげて　きたって　わけさ。」
おにの子は、たからものと　いう　ものが、どんな
ものなのだか　知《し》りません。たからものと　いう　こと
ばさえ　知りません。

とんと　むかしの、その　また　むかし、ももたろうが　おにから　たからものを　そっくり　もって　いってしまってからと　いう　ものは、おには、たからものとは　ぜんぜん　えんが　ないのです。

「きみは、たからものと　いう　ものを　知《し》らないのかい？」

わにの　おじいさんは、おどろいて、すっとんきょうな声《こえ》を　出しました。

そして、しばらく　まじまじと、おにの子の　顔《かお》を見て　いましたが、やがて、その　しわしわ　くちゃくちゃの　顔で、にこっと　しました。

「きみに、わしの　たからものを　あげよう。うん、そうしよう。これで、わしも　心《こころ》おきなく　あのよへ行《い》ける。」

わにの　おじいさんの　せなかの　しわが、じつは、たからものの　かくし場所《ばしょ》を　記《しる》した　地図《ちず》に　なっていたのです。

わにの　おじいさんに　言《い》われて、おにの子は、おじいさんの　せなかの　しわ地図を、しわの　ない　紙《かみ》に書《か》きうつしました。

「では、行って　おいで。わしは、この　はっぱの　ふとんで　もう　ひとねむりする。たからものって　どういうものか、きみの　目で　たしかめると　いい。」

そう　言《い》って、わにの　おじいさんは　目を　つぶりました。

おにの子は、地図《ちず》を　見ながら、とうげを　こえ、けもの道《みち》を　よこ切《ぎ》り、つりばしを　わたり、谷《たに》川に　そって　上り、岩《いわ》あなを　くぐりぬけ、森の　中で　何度《なんど》も　道に　まよいそうに　なりながら、やっと　地図の×《ばつ》じるしの　場所《ばしょ》へ　たどりつきました。

そこは、切《き》り立つような　がけの　上の　岩場でした。

そこに　立った　時《とき》、おにの子は　目を　丸《まる》く　しました。口で　言えないほど　うつくしい　夕やけが、い

っぱいに　広《ひろ》がって　いたのです。
思《おも》わず、おにの子は　ぼうしを　とりました。
これが　たからものなのだ――と、おにの子は　うなずきました。
ここは、せかいじゅうで　いちばん　すてきな　夕やけが　見られる　場所《ばしょ》なんだ――と　思いました。
その　立って　いる　足もとに、たからものを　入れた　はこが　うまって　いるのを、おにの子は　知《し》りません。
おにの子は、いつまでも　夕やけを　見て　いました。

ちょうちょだけに、なぜ　なくの

作《さく》　神沢《かんざわ》　利子《としこ》
絵《え》　井上《いのうえ》　洋介《ようすけ》
朗読《ろうどく》　田中《たなか》　真弓《まゆみ》

夕方《がた》。
風《かぜ》が　ふいて、まどの　カーテンが　ふわあっと　ふくれました。
風と　いっしょに、青い　ちょうちょが、へやの　中に　まいこんで　きました。ちょうちょは　ひらひらとんでから、かべの　絵《え》の　がくに　止《と》まりました。
「あっ、ちょうちょ。」
ウーフは　のび上がりました。

ちょうちょは　まい上がって、今度《こんど》は、テーブルの　上の　こう茶《ちゃ》の　茶わんに　止まりました。

そこで　羽《はね》を　とじたり、ゆっくり　ひらいたり　しました。

青い　羽から、光《ひかり》が　こぼれるようでした。ウーフは　むねが　どきどきしました。そっと　つかもうと　すると、

ちょうちょは　ひらひら　とび立ちました。

ウーフは、ぼうしを　もって　おいかけました。

つかまえた！

てのひらに　のせて　口を　よせると、また、まい上がりました。

「ウーフ、ちょうちょは　外《そと》へ　行《い》きたいんだよ。にがして　やりなさい。」

新聞《しんぶん》を　見て　いた　ウーフの　お父《とう》さんが、まどの方《ほう》を　むいて　言《い》いました。

「いやだい、これ、ぼくの　ちょうちょだ。」

と、ウーフが　言いました。

「にがして　やりなさい。」

お父さんは、新聞で　ちょうちょを　おうように　しました。

ちょうちょは、まどの　方へ　ひらひら　とんで　いきました。

「にげちゃ　だめ！」

ウーフが　まどを　しめました。ちょうちょの　羽《はね》が、まどに　はさまりました。

「あっ。」

ウーフが　まどを　あけると、風《かぜ》が　ちょうちょを　ふきこみました。けれど、ちょうちょは　もう、ひらひらまい上がらずに、ふきとばされて　ゆかに　おちました。

ウーフは、ちょうちょを　ひろい上げました。

「しんじゃった……。」

ちょうちょの　体《からだ》は　つぶれて　いました。ウーフは、むねが　つまったように　なって、なきだしました。

「ぼくが　まどで　はさんじゃった……。」

「ウーフ、おはかを　作《つく》って　あげたら。」

と、お母《かあ》さんが　言《い》いました。

ウーフは、ちょうちょを　もって　外《そと》へ　出ました。

つりがね草の　さいて　いる　そばに、ちょうちょを
そっと　うずめました。

「ウーちゃん、何《なに》 してるの。」
うさぎの ミミが 来《き》て、 たずねました。
「青い きれいな ちょうちょだったんだ……。 おはか
に うめたの。」
と、ウーフは な
きながら 答《こた》えま
した。
「かわいそうねえ。」
ミミは、おはか
に ドロップを
そなえて、おがみ

ました。

「おはか、作《つく》ったのかい。」

きつねの　ツネタが　来《き》て、言《い》いました。

「ちょうちょの　おはかよ。ウーちゃんの　ちょうちょが　しんだの。とても　かわいそうなの。」

と、ミミが　言いました。

「ぼくも、おがんで　やるよ。」

ツネタも　おはかを　おがみました。それから、ウーフの　顔《かお》を　見て、

「へえ、ウーフったら、ほんとに　ないてたの。」

と、びっくりして　たずねました。

「だって、ぼくが　までで　はさんで、しなせちゃったんだ。」

ウーフは、すすりなきながら　言いました。

「へえ、ウーフ、こないだ、ぼくと　とんぼ　とってあそばなかった？」

ツネタは、へんな　顔を　しました。

「あの　とんぼ、羽《はね》が　もげて　しんじゃったけど、ウーフ、なかなかったね。どうして？」

「知《し》らない……。」

と、ウーフが　答《こた》えました。

「こないだなんか、おしりで　てんとう虫　つぶしたよ。

ウーフ、ははあなんて、わらってたじゃ　ないか。」

「……知《し》らない……。」

と、ウーフが　答《こた》えました。

「へんな　ウーフ、魚《さかな》も　肉《にく》も　ぱくぱく　食《た》べるくせして。ちょうちょだけ　どうして　かわいそうなの。

は、おかしいや。」

「ひどいわ、ツネタちゃん。せっかく　ウーちゃんが　ないてるのに。」

と、ミミが　言《い》いました。

「せっかくなんて　へんだね。まあ、どうぞ　ないてると　いいや。今《こん》ばん、ビフテキ　食べる　時《とき》は、もっ

と　わんわん　なくんだぞ。」

ツネタは、ひげを　ぴんと　させて、いばって　行《い》って　しまいました。

「ううっ、ううっ。」

ウーフは、なきました。

「なかないでね、ウーちゃん。また　来《く》るわ。」

ミミも、さよならして　しまいました。

ウーフの　なみだが、地面《じめん》に　ぽとんと　おちました。

おはかに　そなえた　ドロップに、ありが　いっぱい　たかって　いました。

ありは、行列《ぎょうれつ》を　作《つく》って　ドロップに　あつまってきます。
「こら、ありんこ。その　ドロップは　ちょうちょに
あげたんだよ。なめちゃ　だめだ。」
ウーフは　どなりました。
「こら、だめだってば。そんなら、ぼくが　なめちゃうぞ。」
ウーフは　ドロップを　つまんで、ぺろりと　なめました。
口の　中が　もじょもじょしました。口の　中で、
たすけて　くれえ、戸《と》を　あけて　くれえ
と、小さな　声《こえ》が　したようでした。
ウーフは　いきを　止《と》めて、なみだの　たまった　目
を　丸《まる》く　しました。

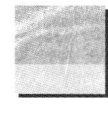

ろくべえ まってろよ

作《さく》 灰谷《はいたに》 健次郎《けんじろう》
絵《え》 長《ちょう》 新太《しんた》
朗読《ろうどく》 田中《たなか》 真弓《まゆみ》

「キョユーン、ワンワン。
キョユーン、ワンワン。」
ろくべえが　あなに　おちて　いるのを、さいしょに
見つけたのは、えいじくんです。
「まぬけ。」
と、かんちゃんが　言《い》いました。犬の　くせに、あなに
おちるなんて、じっさい　まぬけです。あなは、ふかく
て　まっくらです。鳴《な》き声《ごえ》で、ろくべえと　いう　こと

は　わかりますが、すがたは　見えません。

　みつおくんが、うちから　かい中電《でん》とうを　もって　きました。てらすと、上を　むいて　鳴いて　いる　ろくべえが　見えました。

「ろくべえ。がんばれ。」

　えいじくんが、大きな　声《こえ》で　さけびました。

「ワンワン。」

　うれしいのか、ろくべえの　鳴き声は、前《まえ》より　大きく　なりました。

「ろくべえ。がんばれ。」

　みんな、口々に　言いました。

しかし、「がんばれ。」と　さけぶだけでは、どうにもなりません。だいいち、ろくべえは、何《なに》を　がんばったら　いいのでしょう。だれかが　ロープを　つけて、下に　下りて　いけば　いいのでしょうが、それは、一年生には　むりです。高《こう》学年の　子は、まだ　学校です。今日《きょう》は、日曜《よう》日で　ないので、お父《とう》さんは　いません。

こまった。こまった。みんなで　そうだんを　して、お母《かあ》さんを　引《ひ》っぱって　きました。のぞきこんで、お母さんたちは、わいわい　がやがや　言《い》いました。

「むりよ。」

と、しろうくんの　お母さんは　言いました。

「そうだわ。男で　なくちゃ。」

と、かんちゃんの　お母さんも
言いました。

「けち。」

と、かんちゃんは　口答《ごた》えを
しました。

「ぼくが　下りて　いく。」

かんちゃんは、男らしく　言い

ました。
「ゆるしません。そんな　こと。」
かんちゃんの　お母さんは、こわい　顔《かお》を　して　言いました。
「ふかい　あなの　そこには、ガスが　たまって　いて、
それを　すうと、しぬ　ことだって　あるんですよ。」
みんな、顔《かお》を　見合《あ》わせました。
どう　しよう。早く　たすけて　やらないと、ろくべ
えが　しんで　しまう。
お母《かあ》さんたちは、やっぱり　わいわい　がやがや　言《い》
いながら、帰《かえ》って　しまいました。
「けち。」
と、かんちゃんが　言いました。
「けち。」

えいじくんも　言いました。

ろくべえが　丸《まる》く　なって　しまったので、みんな、心配《しんぱい》に　なって　きました。

「ろくべえ。」

よびかけても、ろくべえは、ちょっと　目を　上げるだけです。

「ろくべえ。元気《げん》　出しぃ。」

えいじくんは、そう　言って、『どんぐり　ころころ』の歌《うた》を　歌いました。

＊元気　出しぃ
（元気　出せ）

「もっと、けいきの　ええ　歌《うた》を　歌わな　あかん。」
かんちゃんは、大人のような　ことを　言《い》って、『おもち
ゃの　チャチャチャ』を　歌いだしました。みんなも
歌いました。ろくべえは、やっぱり　ちょっと　目を
上げただけです。
「ろくべえは、シャボン玉が　すきでしょ。シャボン玉
を　ふいて　あげたら、元気《げんき》が　出るかも……。」
みすずちゃんが、やさしい　声《こえ》で　言いました。
ろくべえは、シャボン玉を　見ると、食《た》べものと　ま
ちがえるのか、すぐ　とびつきます。みすずちゃんは、
それを　思《おも》い出したのです。みんな、うちへ　とんで

帰《かえ》りました。ストローと　せっけん水を　もって　きました。それから、きょうそうのように　して、シャボン玉を　ふきました。

＊けいきの　ええ
（けいきの　いい）

＊歌わな　あかん
（歌わなければ　だめだ）

だけど、ろくべえは、ぴくりとも　うごきません。

どう　しよう。どう　しよう。みんな、半分《はんぶん》　なきそうな　顔《かお》を　して　います。

そこへ、ゴルフの　クラブを　ふりながら、ひまそうな　人が　通《とお》りかかりました。かんちゃんは、ろくべえを　たすけて　くれるように　たのみました。

「どれ　どれ。」

その　人は、あなを　のぞきこんでから　言《い》いました。

「犬で　よかったなぁ。人間《げん》やったら、えらいこっちゃ。」

たすけて　くれるのかと　思《おも》ったのに、その　人は、そう　言ったただけで、行《い》って　しまいました。

もう、だれも　あてに　できません。みんな、口を

きゅっと　むすんで、頭《あたま》が　いたく　なるほど　考《かんが》えま

した。

「そや。」

とつぜん、かんちゃんが　大声《ごえ》を　出しました。

「みすずちゃんとこの　クッキーを、かごの　中に　入

れて　下ろしたら……。」

なるほどと、みんな　思いました。クッキーは、ろく

べえの　こい人です。ろくべえは、よろこんで　かごに

＊人間やったら
（人間だったら）

＊えらいこっちゃ
（たいへんな　ことだ）

＊そや
（そうだ）

のる　ことでしょう。そこを、つり上げると　いう　わけです。

名あん。名あん。

「クッキーを　つれて　くる。」

みすずちゃんは　言《い》いました。

えいじくんや　みつおくんたちは、かごと　ロープをとりに　帰《かえ》りました。一年生ですから、かごと　ロープを　むすぶのに、とても　時間《じかん》が　かかりました。でも、やっと　できました。クッキーを　かごの　中に　入れました。

そろり、そろり、そろり。

そろり、そろり。

そろり、そろり。

そろり、そろり。

ぐらっ。

「あっ。」

もう　少《すこ》しで　おちそうでした。あぶない。あぶない。

やっと　つきました。

「あれえ。」

みすずちゃんは、とんきょうな　声《こえ》を　あげました。だって、クッキーは、かごから　ぴょいと　とび出て、ろくべえと　じゃれ合《あ》ってなんか　いるんですもの。

「まぬけ。」

と、かんちゃんが　どなりました。

「ちえっ。」

と、しろうくんも　したうちしました。

どう　しよう。二ひきとも　帰《かえ》れません。

「あれえ。」
また、みすずちゃんが　声を　出しました。クッキーが、
また、かごの　中に　入ったのです。クッキーを　おい
かけて　いた　ろくべえも、ぴょんと　とびのりました。
しめた。そら。今《いま》だ。
「わあっ。」
みんな、大よろこびで　ロープを　引《ひ》きました。

そして、トンキーも　しんだ

作《さく》　たなべ　まもる
絵《え》　梶《かじ》　鮎太《あゆた》
朗読《ろうどく》　草野《くさの》　大悟《だいご》

しょうわ十八年、夏《なつ》。もう　長《なが》い　間《あいだ》、せんそうが　つづいて　いた　ころの　ことです。

上野《うえの》の　どうぶつ園《えん》でも、毎《まい》日の　えさが　足りなく　なって　きました。そのうえ、園長《ちょう》さんを　はじめ、何《なん》人も　ぐんたいに　とられて、人手も　足りません。けれども、るすを　あずかる　ふくださんたちは、えさあつめに　かけ回《まわ》ったり　して、大事《じ》な　どうぶつたちの　ために、けんめいに　がんばって　いました。

そして、どうぶつ園は、あいかわらず、大ぜいの　人たちで　にぎわって　いました。なかでも、ぞうの　トンキーと　ワンリーは、一番《ばん》の　人気もの。

「さあ　さあ、ワンリーの　つな引《ひ》きが　はじまるよ。」

わっと　あつまる　子どもたち……。子どもたちと　なかよく　つなを　引く、ぞうの　ワンリー……。本当《とう》に、ぞうは　みんなの　友《とも》だちでした。

ワンリーは、シャム（今《いま》の　タイ）の　少年《しょう》だんから　おくられた　めすの　ぞう。少《すこ》し　小さい　トンキーも　めすで、まだ　かわいらしい　子どもだった　二十年前《まえ》、インドから　来《き》た　ぞうです。

上野《うえの》には、もう　一頭《とう》、ジョンと　いう　おすの　ぞうも　いました。ジョンは、かかりの　人に　大けがを　させたり　して、きけんに　なったので、外《そと》には　出されなく　なって　いました。

そんな　八月の　半《なか》ばの　ことです。とつぜん、ふくださんは、東京都《とうきょうと》の　課長《かちょう》さんに　よび出されました。そして、思《おも》っても　みない、おそろしい　めいれいを　うけました。

「ぞうや　もうじゅうを、ぜんぶ　ころす　こと。」

もしも、てきの　ひこうきが　せめて　きて、その　ばくだん

で　おりが　こわれ、もうじゅうたちが　町へ　あばれ出したりしたら　きけんだからと　いうのです。

「これは、都長官《かん》（今《いま》の　都知事《ちじ》）の　強《つよ》い　めいれいだ。いそいで　とりかかって　ほしい。」

ふくださんは、目の　前《まえ》が　まっくらに　なりました。

その　ころ、ぐんたいや　やくしょの　めいれいには、どんなことが　あろうと、はんたい　できなかったのです。

上野へ　帰《かえ》った　ふくださんは、しいくがかりの　人たちに、力なく、その　めいれいを　つたえました。

「ばかな。明日《あす》にも、てきの　ひこうきが　とんで　くるとでもいうんですか。」

みんな、まっかに　なって、おこりだしました。たしかに、空しゅうの　心配《しんぱい》は、まだ　なかったのです。

「それなのに、そんな　むちゃな　ことは、いくら　めいれいでも　できません。」

「そうとも。十年、二十年、わが子のように、大事《じ》にして、かわいがって　きた　ものを……。」

「それを、この　手で　ころせなんて、ひどすぎる。」

口々に　さけぶ　みんなを、ふくださんは　けんめいに　なだめました。

「すまん。みんな、あきらめて　めいれいを　きいて　くれ。そのかわり、せめて　トンキーと　ワンリーだけでも　たすけてやりたい。いや、きっと、たすけて　みせる。だから、このとおり、たのむ。」

かかりの　人たちは、だれも　うなだれた　まま、みうごきする　ものは　ありませんでした。

その　ふくださんの　ひっしの　ねがいが　通《つう》じたのか、仙台《せんだい》の　どうぶつ園《えん》で、トンキーたちを　あずかって　くれる　ことに　なりました。

けれども、さっそく　おくり出そうと　した　ところ、

「かってな　まねを　して、何《なに》ごとだ。」

と、やくしょから　ひどく　しかられて　しまいました。

あの　めいれいの　本当《とう》の　いみは、この　せんそうが　どんなに　きびしく　なって　いるかを、国民《こくみん》に　気づかせる　ためだったのです。人気ものの　ぞうまで　ころす　ことで、みんなの　気もちを　引《ひ》きしめようと　いうのです。

しかたなく、トンキーも　ワンリーも、小屋《や》に　とじこめられました。もう　何《なん》日か　前《まえ》から、ジョンには、えさも　水も　あたえられて　いませんでした。トンキーたちも、同《おな》じように　して、しなせる　ことに　なったのです。

そうした　間《あいだ》にも、くまや　ライオンたちが　こっそり　ころされて　いきました。夕方《がた》、どうぶつ園《えん》が　しまった　あとで、どくやくを　のまされたり　して、つぎつぎに、いのちを　うば

われて　いくのです。
　かかりの　人たちは、ごはんも　ろくに　のどを　通《とお》らず、夜《よる》も　ねむれなく　なるのでした。
　そんな　ある　日、ぞうの　ジョンが、どうっと　大きな　音を　たてて　たおれ、みるみる　つめたく　なって　しにました。ジョンは、すっかり　やせこけて　いました。

九月に　なって、とつぜん、新聞《しんぶん》に、上野《うえの》どうぶつ園《えん》の　ぞうや　もうじゅうたちが、「お国《くに》の　ために　しんで　いった。」とはっぴょうされました。

そして、どうぶつ園の　広場《ひろば》に、多《おお》くの　人が　あつまって、いれいさいが　行《おこな》われました。

しきりに、せみが　鳴《な》く　中で、子どもたちも、

「トンキーが　しんだ。ワンリーも　しんだ。」

と、なみだを　こらえる　ことが　できません。

けれども、その　しきの　日も、トンキーと　ワンリーは　まだ　生きて　いました。

ひどく　弱《よわ》って　いましたが、だれかが　こっそり　食《た》べさせて　いたからです。

でも、やくしょからは、一日も　早く　しまつせよと、きついさいそくが　きて　います。

ふくださんは、心《こころ》を　おにに　して、ひといきに　しなせることに　しました。

まず、トンキーに、大すきな　じゃがいもに　どくを　まぜて、食べさせようと　しました。ところが、利《り》口な　トンキーは、ぽんぽん　はねとばして　しまうのでした。

ふくださんは、しかたなく、もう、ひとにぎりの　草も、一てきの　水も　やっては　いけないと、きびしく、みんなに　言《い》いつけました。
また、何日《なん》か　たちました。トンキーの　頭《あたま》に、水のような
ものが　にじみ出て　きました。ワンリーも、せなかが　ひびわ
れ、ねつが　出て、くるしそうです。
宿直《しゅくちょく》の　当番《とうばん》は、てつ夜《や》で　つきそう　ことに　なりました。
水　一てき、やる　ことも　できず、ただ　見まもるだけの、と
ても　かなしい　かんびょうです。
そして、とうとう、ワンリーが　しにました。
トンキーは、長《なが》い　はなを　のばして、いつまでも　ワンリー
の　体《からだ》を　なでて　やるのでした。

それから、また　何日も　たちました。けれども、トンキーは生きて　います。ふしぎな　いのちの　力です。

トンキーは、さくに　もたれながら、ひっしに　なって　立って　います。

「きっと、いつか、だれかが　たすけて　くれる。それまで　生きて　いなくては……。」

そう　思《おも》って　いるに　ちがいありません。

「ああ、トンキー……。もう、だれも　たすけて　やる　ことは　できないのだよ。」

かかりの　人たちは、そんな　すがたを　見て　いるのが　つらくて　たまらなく　なりました。

ついに、ふくださんは、トンキーの　かんびょうを　中止《し》して、
だれも　小屋《や》に　入っては　いけない　ことに　しました。
それでも、心配《しんぱい》で、そっと　のぞく　人が　いると、トンキーは、よろよろと　さくを　はなれ、げいとうを　して、えさを
ねだるのでした。それは、
「おねがい。たすけて　ください。わたしたちは、なかよしじゃ
ありませんか。」
と　よびかけて　いるようでした。
「すまん。……かんにんして　おくれ。」
だれもが、思《おも》わず　なみだが　こみあげて　きて、なきながら
にげ出して　いくのでした。

61　そして、トンキーも　しんだ

そして、えさも　水も　もらえなく　なってから、ちょうど三十日めの　夜明《よあ》け前《まえ》、とうとう、トンキーも、いきを　引《ひ》きとって　いきました。

トンキーは、しわだらけに　なって、小さく　小さく　なっていました。けれども、その　顔《かお》は、とても　やすらかでした。トンキーは、人間《げん》の　友《とも》だちと　して、さいごまで、人間を　しんじきって　いたのでしょう。

東京《とうきょう》に　ばくだんの　雨が　ふるように　なったのは、それから　一年いじょうも　たってからの　ことでした。

つばめ

文《ぶん》　内田《うちだ》康夫《やすお》

朗読《ろうどく》　香月《かづき》弥生《やよい》

わかばが　青々《あおあお》と　しげりだす　ころに　なると、つばめの　すでは、ひなが　かえりはじめます。かえったばかりの　ひなは、あかはだかで、子どものゆびの　先ぐらいの　大きさです。目も　耳も　あいていません。

生まれたばかりの　そんな　小さな　ひなでも、たいへん　食《く》いしんぼうです。目が　見えないので、親鳥《おやどり》がいても　いなくても、えさを　ほしがって、頭《あたま》を　ふり

たて、大きく　口を　あけます。親鳥は、かわるがわる外《そと》へ　出かけては、小さな　はえや　あぶなどを　とってきます。そして、親鳥は、ひなの　口の　おくふかくに、虫を　つっこんで　やります。

一つの　すには、五、六羽《わ》の　ひなが　います。それがつぎつぎに　えさを　ほしがるので、お父《とう》さん鳥も　お母《かあ》さん鳥も、一日に　何《なん》十回《かい》も虫を　はこんで　こなければなりません。

ひなたちは、 えさを たくさん 食《た》べて、みるみる 大きく なります。三日めぐらいで、羽《はね》の もとが ぽつぽつと 出て きます。四日めには、うっすらと 目を あけ、つづいて 耳が あきます。目が よく 見えるように なって からは、親《おや》鳥《どり》の とんで くる すがたを 見つけると、いっせいに えさを ねだるように なります。

ふんも、はじめは すの 中で 出して しまい、それを 親鳥が 外《そと》に すてに

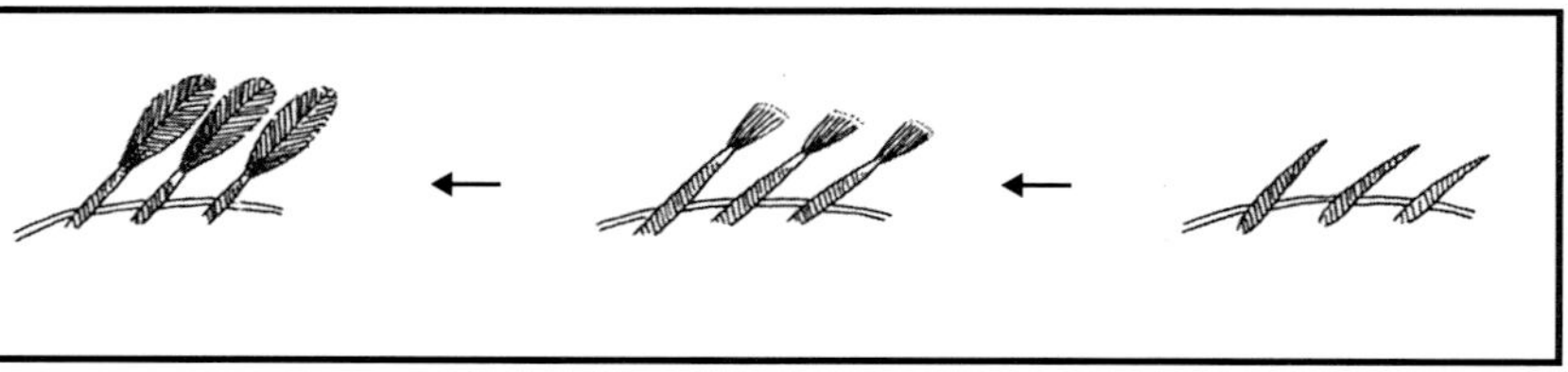

羽の そだつ じゅんじょ

いきますが、七日めごろに なると、自分《じぶん》で おしりを すの 外に 出して、ふんを するように なります。

十五日も たてば、羽も 出そろい、顔《かお》つきも つばめらしく なります。しきりに 羽《は》ばたきの れんしゅうも はじめます。すを とびたつのは、二十二、三日めごろです。親鳥が さそう 声《こえ》を 聞《き》いて、たどたどしく とび出しては、近《ちか》くの 電線《でんせん》や やねに 止《と》まります。しかし、しばらくは、まだ 親鳥から えさを もらって います。

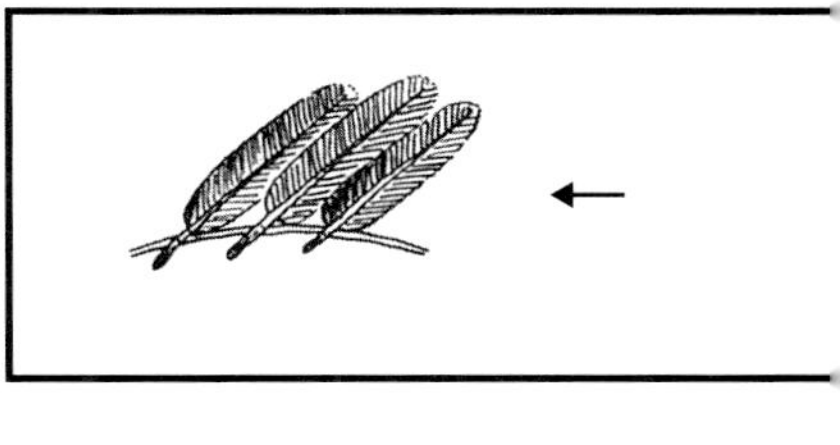

ひなたちが　自分《じぶん》で　えさを　とれるように　なるのは、かえってから　ひと月ぐらい　あとの　ことです。

タンポポ

作《さく》　まど・みちお

朗読《ろうどく》　波瀬《はせ》　満子《みつこ》

タンポポ

まど・みちお

だれでも　タンポポを　すきです
どうぶつたちも　大すきです
でも　どうぶつたちは
タンポポの　ことを
タンポポとは　いいません
めいめい　こう　よんで　います

イヌ　……　ワンフォフォ

ウシ　　　　……ターモーモ
ハト　　　　……ポッポン
カラス　　　……ターター
デンデンムシ……タンタンポ
タニシ　　　……タンココ
カエル　　　……ポポタ
ナメクジ　　……タヌーペ
テントウムシ……タンポンタン
ヘビ　　　　……タン
チョウチョウ……ポポポポ

かいせつ

わにのおじいさんのたからもの

【作者】　川崎　洋（かわさき　ひろし）

一九三〇（昭和五）年生まれ。詩人。作品に、『しからられた神様』（理論社）、『あいさつの本』（偕成社）、『だだずんじゃん』（いそっぷ社）などがある。

【本書の出典】　平成一二年度版「国語　二年下」

【教科書掲載時の出典】　『ぼうしをかぶったオニの子』（一九七九年、あかね書房）

【教科書掲載の期間】　平成元年―平成一二年度版「国語　二年下」

【鑑賞のポイント】　おにの子を主人公にした連作の一編だが、ここではそのおにの子が、無欲ゆえにすてきな夕焼けという思いがけない「たからもの」を得るという、意外だがすがすがしい結末を迎える。途中に出てくる、わにの背中を地図に見立てる点など、細かい設定も楽しめる。

それにしても、実際にわにが埋めた「たからもの」は何だったのか。この点は、読後に想像の余地を残してくれている。

ちょうちょだけに、なぜなくの

【作者】　神沢　利子（かんざわ　としこ）

一九二四（大正一三）年生まれ。児童文学作家。作品に、『ちびっこカムのぼうけん』（理論社）、『銀のほのおの国』（福音館書店）、『いないいないばあや』（岩波書店）などがある。

【本書の出典】　平成一四年度版「ひろがる ことば小学国語　二上」

【教科書掲載時の出典】　『くまの子ウーフ』（一九九七年、ポプラ社）

【教科書掲載の期間】　平成一四年度版「ひろがる ことば　小学国語　二上」

【鑑賞のポイント】　好奇心旺盛なくまの子ウーフを主人公とするシリーズは、広く親しまれている。だが、はじめに抱いた疑問に何らかの答えが見つかる他の短編と違い、本作品は、種の違うものの「命」の重さを問う一編で、ウーフは目を丸くしたまま物語は閉じられ、答えは示されない。易しいことばで紡《つむ》がれた、大きな問題を、読者のひとりひとりが自身のものとしていくことが期待されるだろう。

ろくべえまってろよ

【作者】灰谷　健次郎（はいたに　けんじろう）

一九三四（昭和九）年生まれ。児童文学作家。作品に、『兎の眼』、『太陽の子』（ともに理論社）、『ひとりぼっちの動物園』（あかね書房）などがある。

【本書の出典】平成元年度版「改訂　小学国語　二年下」

【教科書掲載時の出典】『ろくべえまってろよ』（一九七六年、文研出版）

【教科書掲載の期間】昭和五五年度版「小学国語　三年上」、昭和五八年―平成元年度版「改訂　小学国語　二年下」

【鑑賞のポイント】近年は一般向け作品の仕事が多い作者の、幼年向けの代表的な作品の一つ。子どもたちが穴に落ちた犬のろくべえをどうやって助けられるか、いわば実況中継のような緊張感を味わうだけに、最後の安堵感は一入である。単に犬を励ますのみならず、次々と工夫し行動してゆく点に注目したい。最終解決にいたった名案もほほえましい。絵本では一目瞭然《りょうぜん》の、地上と穴底の距離感も、十分想像できるだろう。

そして、トンキーもしんだ

【作者】たなべ　まもる

一九二八（昭和三）年生まれ。脚本家。作品に、『そして、トンキーもしんだ』（国土社）、脚色した紙芝居に『こがねのおの』『つるとかめ』（NHKサービスセンター）などがある。

【本書の出典】平成元年度版「改訂　小学国語　二年上」

【教科書掲載時の出典】『そして、トンキーもしんだ』（一九八二年、国土社）

【教科書掲載の期間】昭和六一年―平成元年度版「改訂　小学国語　二年上」

【鑑賞のポイント】第二次大戦中の実話に基づく作品。動物園で起きたこと自体は、さまざまに作品化されてきたし、一般にもある程度知られていよう。本作はとくに、歴史的事実を尊重することに重点が置かれている。象がかわいそうだといった単なる感情、感傷で終わらせるのでなく、何かもっと大きな意思が働き、政策が実行されてゆくという状況をも、多少なりとも把握するようにしていきたい。

つばめ

【作者】 内田 康夫（うちだ やすお）

一九三八（昭和一三）年生まれ。専門は動物生態学・環境生物学。現在、駿河台大学経済学部教授。著作に、『舶来鳥獣図譜』（共著、八坂書房）、『カラーサイエンス・ツバメ』（集英社）、『科学文明に未来はあるか』（共著、岩波書店）などがある。

【本書の出典】 平成一二年度版「国語　二年上」

【教科書掲載時の出典】 教科書のための書き下ろし

【教科書掲載の期間】 昭和五五年―平成一二年度版「国語　二年上」

【鑑賞のポイント】 つばめのひなの誕生から三週間あまりの生長過程を記した説明文。誕生したばかりの様子を細かく記し、その後も時間進行に沿って記述されてゆくので、変化は理解しやすいだろう。

　最近は街中でつばめの巣を見かける機会はめっきり減ってしまったが、それだけに、かつて季節の風物詩であったことなどもあわせて知っていってもらいたいものである。

タンポポ

【作者】 まど・みちお

一九〇九（明治四二）年生まれ。詩人。作品に、『てんぷらぴりぴり』（大日本図書）、『まめつぶうた』『メロンのじかん』（ともに理論社）などがある。

【本書の出典】 平成八年度版「国語　二年上」

【教科書掲載時の出典】 『まど・みちお全詩集』（一九九二年、理論社）

【教科書掲載の期間】 平成八年度版「国語　二年上」

【鑑賞のポイント】 「ぞうさん」の作者として広く知られる詩人は、実験的な詩形もしばしば試みている。

　本作も、通常イメージされやすいまとまった数連の詩というのではなく、後半は名称一覧表のような形式である。それだけにとまどいもあろうが、それぞれの動物がなぜタンポポをそう呼ぶのか、何人かで謎解きを楽しむこともできよう。

　また、音読の工夫もさまざまに凝らしていけるはずである。

■編者紹介

府川　源一郎（ふかわ　げんいちろう）

横浜国立大学教育人間科学部教授。
教育出版小学校国語教科書著者。

佐藤　宗子（さとう　もとこ）

千葉大学教育学部教授。
教育出版小学校国語教科書著者。

■写真提供

桜井淳史／ネイチャー・プロダクション

■編集協力

有限会社メディアプレス

こころに　ひびく　名さくよみもの　2年

2004年３月18日　初版第１刷発行
2012年10月23日　初版第２刷発行

編　者　府川源一郎／佐藤宗子
発行者　小林一光
発行所　教育出版株式会社
〒101-0051 東京都千代田区神田神保町2-10
TEL 03(3238)6965　FAX 03(3238)6999
URL http://www.kyoiku-shuppan.co.jp/

ISBN 978-4-316-80086-8
C8390

ＣＤ製作：UNIVERSAL MUSIC K.K.
印刷：神谷印刷
製本：田中製本

ＣＤをききおわったら、
ふくろのなかにしまい
ましょう。

おうちの方、先生へ（ＣＤを聴く前に必ずお読みください）

■ＣＤについて

・収録された朗読は、教科書掲載当時に学校の現場で使用された教師用指導書の音声編テープ・ＣＤを音源としています（音源の状況により若干のノイズが含まれている場合もございますのでご了承ください）。

■ＣＤの取り扱いのご注意

・袋についている赤い線をはがして、ＣＤを取り出して使用してください。
・ディスクは両面とも、指紋、汚れ、キズなどをつけないように取り扱ってください。
・ディスクが汚れたときは、メガネふきのような柔らかい布を使って、ディスクの中心から外へ向かって放射状に軽くふきとってください。その際に、レコード用クリーナーや溶剤を使わないでください。
・ディスクは両面とも、鉛筆、ボールペン、油性ペンなどで文字や絵をかいたり、シールなどを貼らないでください。
・ひび割れや変形、または接着剤で補修したディスクは、危険ですから絶対に使用しないでください。
・ＣＤをお子様の玩具など、本来の用途以外に使用しないでください。

■保管のご注意

・直射日光の当たる場所や、高温・多湿の場所には置かないでください。
・ディスクは使用後、もとのようにしまって保管してください。